表紙の写真

一九九九年夏

釜山の市場にて撮影したもの

赤い髪

則武三雄

日野川図書

目次

——赤い髪

消失　8
帰らない夏　10
試験飛行　12
浪漫中隊 31　14
故郷　18
海　20
無題　21
浪漫中隊 23　22
浪漫中隊 27　24
城址　26
城　28
内宮にて　30
額縁　34

＊

蜩　38
白　40
頌歌　42
水の巧さ　44
苧麻　46
妻　48
修理　50
股のぞき　52
無題　54
月光　56
ひとりの子供が歩いている　58

＊

朝鮮皿　62
葛項寺三層石塔　64
コルトオ　66
夕食時　68
魔法　70
童話　72
朝鮮の島　74
夜の光　78
プレイバック　より　80
赤い髪　82
寄寓　84
日本　86
平城宮址　88
師弟抒情　より　90
書附け　93

則武三雄経歴　94
編者記　100
大東中学校校歌　104

赤い髪

消失

遙かに。遙かにやって来た一個のトランク。赤い革が旧びている。一冊のノート。数枚の書類。喪失していた記憶が届けられた次第。

燕が届けて来たのだろう。

朝になるとそれは薄れる。永い夢の間に見ていたらしい。

起き出してからも李朝時の赤い革の函が手中にあるようだった。

帰らない夏

名を知らないひとよ。あなたに書く手紙。
三雄も生きています。

日本と韓国のバレーボールマッチ。
あなたにそっくりの風貌。
韓国のキャプテン。
はげしく空気が動く。
オリンピックバレー。
乙女に思い出はながれる。私の

二十五歳。
どことなく現われて丈けの
　長い姿を見せたあなた。
あなたの身体にふれたらはげしい叱責。
それから思いきり笑っていた。
再びかえらない日々。ロスオリンピックのヒ
　ロインになって、あの日の思い出となって。

試験飛行

君は地を離れゆく永い昂奮を記憶しているだろうか
絶えず微動する脚下のセルロイド板
プロペラに搏ちしだかれた雑草を背後に
身はすでに澄んだ春の空に呼吸し
わたしの革帽は疾風のなかに
鴨緑江は今青みどろの溝だ

一旋回毎に地平線が拡がってゆき
畑や森の地貌をめぐって

溶けてゆく響
千米突の上空と平行線を描く機影
藤田飛行士にわたしの口笛が聴えるであろうか
かぎりもしれないみどりのふかみ
羊毛のシーラス

―しかし凪に　カステルの鉛筆を吹きとばされて私の歌は終る
兩翼にしたたるミルク色の靄
機隙をかすめた朝鮮の視野
鴨綠江に　水馬《みずすまし》のように泛ぶ機影の虹よ

浪漫中隊

31

なんであんな夢を見たか
へんな夢を見たものだ
おれはまだマダガスカルやセイロン島にいて舟乗りをし
一メートルも上下動する波の中で
黄ろい壜の酒を飲んでいた
ラムの壜で、なにかのマークもあつたつけ
それを又故國にかへり
とある家庭でにぎやかに
異母弟や妹たちにかこまれて

長兄として、みんなの父のようにまじつている場面
おれはまだ三本のラムの壜を大事に持つていて
それがあると、何事でも成し遂げられそうな氣がしていた
魔法のように。
空壜を曳出しに匿していた。
兵營にゐて、夢は五臓のつかれだというが
おれは夢でありもしない經験をしたり
ひとり子の、孤児《みなしご》のおれがあたたかい家庭にいだかれている
これもやはり、別の世界でのおれの真實なのだろうか
兵營のなかの起伏しは
単調で変化がないのに、異國の酒をそんなにおれは欲しがつていた
風もなく、事實臥《ね》ぐるしい夜だつた
高原で演習をして

幕舎の中で草を藉いて睡ていた
そして起きてびつしより汗をかき、あざみの花に李孝石の最後の作品を思い出
していた。

故郷

なつかしいわたしの故郷
山陰道は雨のくにです
十一月になるとすぐ雨がきます
十二年振りにかえってもやはり雨です
どこもかしこもぬれ海もぬれてしまう
十一月はしらじらとかがやいている大山も
　雨でみえない
　山はれ山はれ
出た山みれば雲のかからぬ山はない

わたしのすきな雨の故郷
山陰道は雨のくにです

海

永遠の青さ
風のはげしい日は
ソーダ水の泡をとばしている海
よせてくる波なみの汐騒　またしろき煙
海中がしろい羽になり
白ばらがめくれる
風の機嫌はいかがです

無題

一夜を眠らざるか
小さき鮒はガラス瓶を回りてやまず
水苔の緑を私が見ている夏

浪漫中隊

23

雨雲が四平に垂れてゐる　それがまたゆくりなくなつかしい友にでもあつたようだ
平康高原の
時をり日でりが過ぎてゆく
雨の日の　雨のあひ間の雨雲の城

浪漫中隊
27

ゆけども草であり
その先も草である
月は何處に眠るのであろう
そのひろい平康高原の
見はてのない草はらの一角で円周を作り
四列縦隊の二列は内側に　他の二列は外側になり反對に周りながら
夕食後　中隊の歌をうたふ
草原には他の中隊の輪も見える　丘の上に黒い城郭のやうにたつている者もある
わかものらの心が

涯しないものにかえりゆく一刻《とき》だ
この円周がいま地上の月になり
人間的なすべてからさつて
空を回つてゆくような心を抱いて
平康高原をまはる
月もそれにつれて次第にあかるくなり
地上の一点の廠舎がそれ程遠くなる
天がすみれの花になつてにほふ
ひとも草はらになつてにほふ

城址

私は数篇の城の詩を、かくしに入れている。

ある日、失はれた城がそのなかで膨れ出し水ぶくれはじめて、実際にあった城、城郭の一劃にわたしははりつけになった。

橙色の光線を出して吊り上げられて幾年が過ぎた。

町のひと達が時どきわたしを視に来た。私が城に殉死したのだと。所がそのわたしを視上げながら、他の私が城のしたの畠地を歩いていた。

城

（　）

（　）

（　）

（ tl 　 e ）

（　）

（ as ）

as　は接頭語（のように）

tl は Thallium（金属元素）

e は East

が tL というのが鳥渡、不明だろうか

as　は化学記号 arsenic（砒素）

天皇の（あつ　そう）

内宮にて

1

杉の木はいいな
この木もいいな
中空を截っている
二本の木の対話がそして聴こえそうだ

木に負けた
負けて気持がよくなった

ジャックの豆の木にならなくても
この木の天ぺんまでゆけたら
日本の歴史が見えるだろう

2

内宮と外宮の間にカイライ性（欺瞞）がある
その間にどよみ澱んでいる沈み
巨幹の根
ヤマトタケルノミコトが生マレルベクシテ生マレタ

3

五十鈴川
白く美しい石を拾ってきた
後で見たらコンクリートの塊りだった
ひとに話すと
その石を拾うとき周りの石が笑っていただろうと
すずしげな声のひとが言った

額縁

お魚の骨は
アレはお魚のがいこつです

お魚の骨を皿に上にだして
だれでも平気でいます

朝の白いレストランに
亜麻色の髪の娘としろいお魚のがいこつが七匹

美しいと思って
その前を通ります

*

蜩

日ぐらしが鳴いている　午前5時
川の響きより高くいっしんに　雨ははれるだろう
雨だらけだったから
私の影に告げる私　さあ出発だと　夜にぼっとりと夢を放とう

白

奉書の紙こそ幻想を誘う
何故か。
しろいセンイがムウッとして
ドシッとして座っていた
ズシッとして截られていた。
女が生きているようにわたしを待っている
女性の匂い。

日本の御幣を切って切って切ってゆくと終焉がない

白いものの重量。
その確かなのが、歴史なのでしょうか。

そのしろさなのを
墨が汚す。汚す、汚す、汚す。
漉工がまたあたらしいのを造ります。
歴史の重さ。

頌歌

平三郎を思い出して泣く。
便所に這入ってからも鳴いていた。
死後、十数日が経ってからだった。

第二の恩人だったからだろう。
妻の話。
電話器を山の方に向けられた気配。鶯の声を聴けと言って、ホラ、きこえるでしょう。
聴こえはしない。

黙っていると、「鳴いているでしょう。嘘ではないんでっしゃ」平三郎は言った。

聴こえたようにも思えた。

「静かなのでしょうねえ」妻の言葉。

「あの主屋の裏がスグ崖で、山の崖下が縁側になっているのだ。」

水の巧さ

一杯の水を思うことがある。
紙漉きの平三郎家の、岩盤から曳いた紙漉きの水。
同家に泊して
その倉の二階でフラスコ入りのそれをひとりで飲む
午前二時頃であろう
それを水割りにして、スコッチを容れて、
水割りでなくウイスキイ割りで、
夜です。
夜の央ば。

イ・モンクスと言う修道院製の酒の由。
山の水。
四尺もある大猫が山の挾間を歩いたりしていた。
三代もの豪家で、この山中が岩野家所有の由。
水の滴たりは、山のしたを、下を潜って
拾年、百年を流れていたのか。
日本の歴史に似たものがある地方の一角にあって
その水もイ・モンクスの一種か知れないね――
解りますか――

苧麻

紙の研究をしてるならと
苧麻（チョマ）の皮を剝いで持って来た。
次手にキクラゲとモズクも呉れた。
キクラゲとモズクは食べた。

チョマの間に顔を埋めていると、
剝いだ皮がムッツリとして強い。

これでどれくらい出来るだろう。

紙になったときの重みが伝わって来た。

妻

私が投出して置くタバコの函を妻は拾って置く。一本ぐらい残っているのをしまっておく。小鳥が餌を土に埋めたりして匿す動作に似ている。

彼女の抽出しにそれはしまわれ、わたしは時々それを取出して吸う。妻が実家に帰って不在の時、私達一家のそれは唯一の貯蓄ではないかと思ったりする。

新生が二本とバットが四本ある。

修理

「吸入」と「点滴」との時
あとロンソンのスタンダード型のライターの修理
マンドリン型一箇の修理に四箇の壊れを使用
火が附いただけだった

○

吸入と点滴の時間
あとはロンソンのスタンダード型のものの修理

時には体温計で熱を計りに来て妨げられる
四日間　四箇の壊れたオイルライターを解いたり　合わせたり
ゼンマイを修理して一箇を仕上げる
何だい　火が附くと言うだけだ

股のぞき

雨で空は湖のようだ　空の上はガワガワになっているだろう
林や木ぎはひどい水だらけだ
こんな日に鳥たちはどうして歩きまわるのか
はだしになっても肢裏まで濡れてしまうのに

無題

心渇ける友らときたり
白い燈台のしたのながき突堤をあゆめる
日は切なし
心は浪にもまぎれ
日はかげりて浪の歌を聴く
あかあかとつれなき薄暮の夕日はなぜか泌みるなれ
やわらかな風がふく頃
海鳥の眸の下で

鉛筆で舟虫を押えるとすれど詮なし

月光

月のあやまりかと思ったら　雪がふっていたと言う母である
　月のひかりのしろいのに
雪ですって？　起き出してみると
やはり月の光なのだった
　幸福なほどしろいひかり

ひとりの子供が歩いている

しろい紙です
その中にいろんな道が見える
昔、波斯に通ったという道が見えてくる
赤んぼの爪のような膚
睫毛の繊維
白い子どもが歩いてくる
朝鮮からも
支那からもあるいて来た

紙の道です

*

朝鮮皿

ふちが二箇所程欠け
桃の絵がかいてあった
葉が二枚程、——
うすい青い地に呉須でかいた皿
それをどんなに愛しただろう
旅さきにいて、又貧しかった私が購はなかった物
幾年にもなるそれに、ふしぎに心の帰ってゆく時よ

葛項寺三層石塔

唐の天宝十七年、新羅景徳王十七年、新羅文聖王の母及外叔兄妹三人の立願による建立と記されている

石のふちに雪が敷いている
雪の上に更に雪のかげがながれている三層の石塔
天弾《あまだ》む雪が昇ってしまうと
塔も又消えるのではないか

三段に石を刻んだ葛項寺三層の石塔

雪がない日でも*はつかに雪が敷いている様に
しろい線がながれ
蒼穹に消える
春の日に私はそれを見ながら
草を藉《し》いている
そして塔よわたしと君と
あの雪の敷いた思い出を懐かしむ

＊はつか：「わずか」と思われる

コルトオ

列車が走る　暗い夜道を演奏しながら
この暗い夜の何処かで彼が演奏している
哀愁を煤煙で溶かしている　騒音と突きまぜている
何もない
何もない（この時，手を回転させながら上下する動作）

夕食時

水槽に置去りにされたヨット
30センチくらいあろうか
この製作者には，きっとどんなヨットよりも美しいだろう
芝生に赤い靴も忘れられている

魔法

私の掌にしたたったたえんじの色から
服の上を指でなぞっていくと
小鳥や木の葉っぱが切りぬかれていく
空胴になった服を被て私は街に出ていこう
永久に来ない朝である。
葉っぱに足を附けよう
私は　アフリカの黒檀製の女を捜していた

くろい黒檀の火を持って歩かないと
あるけないでないか。
一枚のガラスを持ってそのフチにバクダッドと記しバクダッド行きに搭乗した。

童話

水道の蛇口が小さい曲をきしっていた
縞馬の様にしたたり
月光がしろく
黒い月が黒く
二つの月光がほとばしり
月のひかりから私はイベットのシアンソンを
　　　　　吸いこんでいく
深い息をして
イベットの息吹

そしてわたしは
私の鴨緑江を、コレアを流れる河を深々と思う
私の血を
あの河が流れる…………
流れる
水道の口と並んで　私は口笛を吹く
フフー　フフーと　フフー　フフー
今は黒い魂になり
白鳥に乗って飛ぶようだ
雨に心濡れて私はゆく

朝鮮の島

1

原始林があつた時、毎日雨が降つた。数年間を雨が降つた。緑という緑がながれた。地さへも流そうとしたかも知れず、河になつた。それが朝鮮の島(註)である。

樹の年輪も樹葉も白くなつた時に、空の潴水（いけ）の水が断れた。そして光がさした。光が生熟して、けしの様に紅い花になつて振りかかつて、影が生まれた。

雨のしたたりが空に昇つて行つて、エーテルになつた。

2

河は海になり現在の島が残された。生物が徒刑された。はじめの生物である狼の死体からひとでや獣物が生まれた。川鱒とか鯉とか鮒、鮠。

鰯雲の影が鰯になり、

空と地上が分れはじめ、緑の汁液が海の色彩になつた。海が反映した。

3

風が出た。

4

……が生成期の通信手として、風媒をした。花に成つた。思想として、美の名のためにはじめて戦つたのは花類である。薇や羊歯、苔、蔓類、薊、赤まんま、桔梗が発見され、

5

その原を旅していた時、樹という樹がるいるいとして倒れていたが、或る木の折れた幹の址は、すつかり空洞になつていた。地に打臥して、一メエトル程あるその空

所を掻きわけると、蜘蛛の巣がかかりつまつている。それを両方の手で掻き出すと腐つた葉や鳥の翅があり、その底は清冽な泉が匿れていた。その深さは知られない。

（註）朝鮮の箕佐島、この作品はその島で書かれた。

夜の光

るり草と考えていたが
るり草よりもそれはくすんでいる六箇の珠を
わたしは時計の紐に括っている
これは私が朝鮮の墓から堀り出したガラスだまで
消えない夜の光が
きしって鳴る

時計がまた、婚資に売却し
代りに購った文字板の壊れたもの

WALTHAM の AM がとれている
結婚をして、そして四年になる

プレイバック　より

4

生まれた子に何という名を付けよう
泰子とか秋の紐とか
男の生んだ子は詩の題ぐらいでしかないが
泰子と喚びかけ
自分の乳房を捜って男から子供が生まれないと識る。

赤い髪

冬の曇りで汚れた空
雪のよう

彼処に、そう私の掌のしめす程のたかさに（仏手柑みたいに）
転がっているのが白雲台だ

やはり空をくぎっているだろう
これが一月の京城だ

ああ雲になったね
君の肩にもあかい髪にも

さあかえろう
水が涸れた川に添って

＊京城：現ソウル

寄寓

雄島村四年
その汐声が耳にたまり
塩なれば四合程
一身又海色
ばたばたと己れの中からかもめが生まれる

＊雄島村‥現在の坂井市三国町米ケ脇

日本

クローデルさんは　今宵　床上にある牡丹の壁に映る影を見て日本を識った
タウトはツルガへ向かう船の　ツルガの火を視て日本を思った
日本の火が炎えている
諸君の心の底にも火を燃やしてみないか　ここは日本だと――

平城宮址

草のむしろに腰を下ろすと、
高麗芝のたぐいか
春ぐもりの日ながれ、日はながれるともなくて。
矩形を回らした前方に、模型の如き電車ゆきかう
朱雀門の位置をたしかめる。
しろい雲が百官の如く泛んでいる下で
ゆくとしもなき、平城宮の幻しがある。

師弟抒情　より

一

小さい港。小さい港市
そこに師はいた。
私がやってきた。踵を失った兵隊靴で
ルックザックの中の李朝の碗がカタカタ鳴った。
故国です。
ここでお前の生命を得よ。

二

インディアペーパーの詩集を破って煙草の捲き紙にした。
ほっこらとけむりが流れる。
一ページが四本になる
師の詩集を破って
詩が書けなくなった思い出

五

なみからなみへなみが洹り
海は白衣を附ける。

岸では戦いに敗れた身をよせ
数日間はカキカキと音がして
「文学」を食った。

＊師：三好達治のこと

書附け

中条のおばさんは一時おトウフを売ると□油げを売ると△を描いて、附け買いの心覚えにした。

二ヶ月程で止めた　損をしたのだろう。

今から六十年まえの遠い日であった。遠い日。

わたしが小学校の二年生であった日。遠い日。

則武三雄（のりたけ　かずお）経歴

一九〇九（明治42）　米子市で誕生。本名は則武一雄

一九一五（大正4）　父定次死去。三雄6歳

一九二二（大正11）　鳥取県立倉吉中学校入学

一九二六（大正15）　大阪高等工業学校に入学するが、同年退学し、大阪時事新報社で校正部の職につく。母子の経済状態はひっ迫していた。

一九二八（昭和3）　大阪時事新報社を退職し、九月に朝鮮に渡る。三雄19歳。総督府嘱託警察官として鴨緑江国境の警備に当たりながら、日本へ朝鮮の様子を伝える機関紙の編集も手掛ける。その後、日本より母冬を呼び寄せる。

一九三三（昭和8）　この頃、日本の知人から送られてくる詩誌より三好達治を知り、手紙を出す。後に、鴨緑江について書いた私信を中野重治、伊東静雄らへも送っている。また京城へ転勤の一年前には、西晋、東晋時代の扶余族の土塚を視るため、点在場所往復四〇キロの道のりを日帰り徒歩で行脚する。

一九三五（昭和10）　朝鮮の友人、林聖茂、秦明燮らと日本語で書かれた同人誌『国境』を創刊。但し、これは一号で終了した。

一九三九（昭和14）

総督府への転勤で京城（現ソウル）勤務となる。三雄30歳。新義州（現北朝鮮）での機関紙が評され『国防の朝鮮』の編集を任される。この京城転地により朝鮮の詩人や画家たちと出会うことができ、そのうちには三雄が敬した「白石（ペクソク）」など、日本の大学に留学し日本語を修得した友人もいたことから、漢詩やハングル文字の詩を日本語に翻訳することを試みている。翌年朝鮮に来た三好達治に訳を教わることもあった。また、後の越前和紙への情熱に繋がっていった朝鮮紙についてもこの地で会得しようとした。

一九四〇（昭和15）

三好達治が朝鮮を訪れ、三国時代や李朝時代の仏像・仏閣などを視るために、共に二ヶ月間旅行する。この時、京城にやってきた三好達治と駅で初めて待ち合わせをしながらホームに降りて来た三好達治を達治と思わなかったのは、そのちぐはぐな服装であり、それを見てとてもそのような人とは思われなかった、と思い出のなかで書いている。一方、三雄の方は総督府より支給された制服制帽姿だったようである。この旅行の間、三雄の心友、李泳駿が達治に祖国の独立は叶うと思いますかと質問をした。それに対し達治が、答えられないことを聞いてはならないと返事したと三雄は著書の中で書いている。

後に使うようになったペンネームの三雄は、三好からとり、読みは本名の「かずお」とした。

一九四二（昭和17）　『鴨緑江』（京城府孔徳　私家版）刊行

一九四三（昭和18）　『鴨緑江』（東京・第一出版協会）刊行

一九四五（昭和20）　友人であった李仲燮の画入り詩集『風詠集』（京城・人文社）を刊行するが、日本政府により廃本の憂目にあう。三雄は後の著書のなかで、この本を失ったことへの強い怒りを書いている。十二月、母と共に、引き揚げ船で境港におりる。三雄36歳。東郷温泉で数日養生するが、当座の暮らしのめどはなかった。福井県三国町（現坂井市）に仮寓していた三好達治より手紙と小為替をもらう。大晦日の日に三好の家を単身訪れ、その後しばらく三好の許に身を寄せる。このことが福井の地に定住するきっかけとなった。三雄はこの地へ発つ前、三国という所は一体どんなところなのか、不安が少なからずあったと書き記している。雪の中を芦原（現在の、あわら市）に着き、その辺で一泊してからようやく次の日に到着すると、暗鬱な日本海の靄のなかを鳥が声をあげて飛び交い、海というより浅い潟が広がっているのように見えたと。

一九四六（昭和21）　尼崎精工三国製造所で寮夫の職を得る。鳥取の親戚に身を寄せていた母を呼び寄せる。

一九四九（昭和24）　三好達治が三国を離れ上京。同行することを希望したが、達治は、この地に留まって詩作を続けよと伝え去る。同社に勤めていた酒井花枝と結婚。花枝の両親からは三雄が詩をやめるなら許すという条件だった。三雄40歳。

一九五〇（昭和25）　福井県立図書館職員となる。三国町より福井市に転居。長男誕生。

一九五一（昭和26）　「北荘文庫」を創設。三雄42歳。自身の帰国後初となる詩集『一枚の翅』『赤い白鳥』『レムブラント光線』を昭和23年と24年に続けて発行後、それに続き『浪漫中隊』を刊行した。その後二代目岩野平三郎との出会いにより、越前和紙を使った手作り詩集や、朝鮮時代を綴った諸本、三好達治との思い出、福井を著した文学作品紹介や県内詩人の詩集などを他社からの出版も含めて旺盛に刊行。豆本や冊子、詩誌等も含めて四十年間で八十数冊にのぼった。それらの中には、同じ内容の詩集であっても装丁が違っていたり製本に使われた紙の統一がされていないなど、いわゆる手作りの一点物になっているものもある。

一九五四（昭和29）　詩集『偽詩人』刊行（北荘文庫）

一九五六（昭和31）　福井市四ッ居に転居

一九五七（昭和32）　詩集『オルフェ』刊行（北荘文庫）

一九五九（昭和34）　田中英光の全集が刊行されていることを知る。朝鮮時代には兄弟のように付き合っていたという。漢江の河岸でボートのコーチをする英光を待ち、日が落ちるとふたりで酒を飲みに行った。何もない倦怠の終日だったが、捨てたものでなかったなと同人誌に表している。

一九六一（昭和36）　詩集『朝鮮詩集』刊行（北荘文庫）

一九六二（昭和37）　『越前若狭文学選』刊行（北荘文庫）
この頃、福井新聞等で投稿詩評などを書いていた三雄を、当時中学生だった荒川洋治が知り師事するようになる。

一九六四（昭和39）　福井県立図書館退職。三雄55歳。
福井工業大学附属図書館職員となる。福井県文化賞受賞。

一九六五（昭和40）　詩集『紙の本』刊行（北荘文庫）

一九七〇（昭和45）　『伝記 三国と三好達治』『プレイバック―続三国と三好達治』刊行（北荘文庫）

一九七三（昭和48）　詩集『持続』刊行（北荘文庫）三雄61歳。

一九七四（昭和49）　『幻しの紙』刊行（北荘文庫）

一九七六（昭和51）　福井工業大学附属図書館を退職。三雄65歳。
『紙漉く人』刊行（北荘文庫）『永平寺と山頭火』刊行（府中まめほんの会）
『私本松平忠直』刊行（福井PRセンター出版事業部）

一九七七（昭和52）　母冬が91歳で死去。納骨のため米子に帰郷。
杉本直らと「福井詩の会」を結成。三雄68歳。

一九七八（昭和53）　紫陽社より、則武三雄詩集『葱』刊行
『詩画集』刊行（北荘文庫）
福井市大東中学校校歌作詞
一九八〇（昭和55）　小説『私の鴨緑江』刊行（気争社）
一九八一（昭和56）　詩集『おはる狐』『新版　紙の本』（豆本）刊行（北荘文庫）
一九八二（昭和57）　『三好達治氏と私』刊行（北荘文庫）
一九八四（昭和59）　詩集『三雄詩集』刊行（北荘文庫）
一九八五（昭和60）　詩集『天麗鷗』刊行（沖積舎）
一九八六（昭和61）　文部大臣表彰受賞。三雄77歳。この時、東京に来ていた京城時代の友人、
朝鮮詩人徐延柱と四十一年ぶりに再会する。
『ズイのズイのズイ』刊行（北荘文庫）
一九八七（昭和62）　『私の鴨緑江』刊行（紫陽社）
一九八八（昭和63）　詩集『青春』刊行（北荘文庫）
一九八九（平成元）　食道癌のため、福井県立病院に入院。
『私版鴨緑江　附黄真伊』刊行（北荘文庫）三雄80歳。
一九九〇（平成2）　十一月二十一日、県立病院にて死去。81歳だった。
一九九二（平成4）　広部英一編『県立病院五病棟』刊行（私家版）
二〇〇九（平成21）　岡崎純・川上明日夫編『則武三雄生誕百周年記念詩集』刊行（私家版）

編者記 —抜粋詩集—

消失	『三雄詩集』
帰らない夏	『青春』
試験飛行	『浪漫中隊』
浪漫中隊 31	『浪漫中隊』
故郷	『三雄詩集』
海	『三雄詩集 p121』
無題	『偽詩人』
浪漫中隊 23	『浪漫中隊』
浪漫中隊 27	『浪漫中隊』
城址	『三雄詩集 p258』
城	『三雄詩集』
内宮にて	『紙の本』
額縁	『三雄詩集』

＊

蜩　『三雄詩集』
白　『詩画集』
頌歌　『三雄詩集』
水の巧さ　『おはる狐』
苧麻　『三雄詩集』
妻　『三雄詩集』
修理　『県立病院五病棟』
股のぞき　『三雄詩集』
無題　『紙の本』
月光　『オルフェ』
ひとりの子供が歩いている　『葱』

＊

朝鮮皿　『三雄詩集』
葛項寺三層石塔　『三雄詩集』
コルトオ　『偽詩人』
夕食時　『偽詩人』
魔法　『三雄詩集』
童話　『オルフェ』
朝鮮の島　詩学社『詩学』一九五五年九月号
夜の光　『三雄詩集』
プレイバック　『プレイバック』
赤い髪　『三雄詩集』
寄寓　『偽詩人』
日本　『三雄詩集』
平城宮址　詩学社『詩学』一九七二年十一月号
師弟抒情　『持続』
書附け　『三雄詩集』

注：「浪漫中隊」は1から31章まである。

＊

『三雄詩集』と記されているもののうち、ページ数が書かれているものがある理由は、則武三雄は同じタイトルの詩をいくつも書いており、それらのうち、タイトルが同じで内容もほぼ同じというものと、タイトルは同じだが内容が違うものらが『三雄詩集』を含めて複数の詩集に混在して掲載されてあるため、この詩集を編集するに当たって抜粋箇所を明確にする必要があると考えた。

三雄は生涯に四百篇程の詩を残したが、詩集は自身の手による私家版がほとんどで、一つずつの詩集の完結というのではなく、生涯を通じてすべての作品が繋がっているという考えを持っていたようだった。そのため、同じ作品を別の詩集に（少し変えて）掲載し再編集するようなことが慣例のように行われていた。また『偽詩人』については、縦長に製本された詩集であり、掲載されている詩篇はすべて横書きであったものを、この詩集のためにそれを縦書きに直している。

三雄は、数多くの手作り詩集を生活費も考えず出版した。さらには、そのほとんどを身近にいる人へ奔放に惜しげもなくやってしまい、残っている本の数はかなり少ない。

（青山雨子）

大東中学校校歌

作詞　則武三雄
作曲　高田三郎

一、
白山は遠くかがやき
九頭竜川は　みどりにながれ
若い未来の　虹映し
山脈《やまなみ》藍《あい》に　草萌ゆる
ここに学び　鍛える
われらが母校　大東中学校

二、
雲涌き白く果てなし
金の穂波に　かがやく地平

ああ　明日へと羽ばたく
山脈《やまなみ》遠《とお》に　道遥《みちはる》るか
ここに学び　鍛える
われらが母校　大東中学校

三、

朝より　朝を　リレーしよう
太陽になって　いそしもう

刊行委員会

山内鴻之祐（福井市円山公民館館長）
堀江猪三雄・千葉晃弘・渡辺本爾・金田久璋
多田憲市・山本靖夫・増永迪男・藤井則行
青山雨子・佐藤誠晃
（いろは順）

福井県立図書館にて

『赤い髪』

著者　則武三雄
発行日　二〇一八年六月二十日　第二刷り
則武三雄経歴に加筆と、本文の誤植刷新を施す
発行者　青山雨子・増永迪男
発行所　日野川図書
福井県鯖江市鳥井町七号十七番地一
電話　〇七七八－四二－五九二〇
印刷　㈱国府印刷社
福井県越前市北府二丁目十一－十六
電話　〇七七八－二二－三七〇六
定価　一五〇〇円（税別）
ISBN：978-4-9910191-0-4